歌集

水の自画像

高野公彦

短歌研究社

水の自画像＊目次

I

Ⅱ

水の自画像

装幀　岡　孝治

I

初湯

新聞社に〈伝書鳩部〉のありしころ年初《ねんしょ》の空を飛びし鳩たち

帽脱ぎて初湯にひたる千利休しんから田中与
四郎となる

天使の滝

鉄橋を電車ゆくとき江戸川の冬の川面《かはも》の張りのするどさ

オーボエの音色のやうな水明かり浴みて豆腐
屋の前を通りぬ

放心をしてゐる夕べ窓べりのエオルス音《おん》がい
のちを洗ふ

縄文の世の老いびとは眼鏡なし病院もなし如
何に生きしや

岐路いくつありてその都度えらびたるわが
道、今は一つ細道

ふるさとは帰る家なし伊予の海も伊予びとた
ち
も優しきものを

春一《ひと》日《ひ》松山付近の〈八か所〉を母と巡りき二
人お遍路

年取りてあちこちぶつかり歩くこと多くなり
たり家に籠もるに

わが脳《なづき》かくの如きか引出しのなか雑然とモノ
が転がる

ちろりにて酒あたためてゐるあひだエンゼル
フォールに照る陽思へり

西に入り東より出る灼熱の天体にして真冬の
遅出《おそで》

鼻炎にてくしやみ止まらずくしやみする度に
〈はやぶさ2〉遠ざかる

老嫗《らうあう》といふ語やはらか文六の「おいらん女
中」の末尾にて遭ふ

五階より富士見ゆる日と見えざる日、見ゆる
日増えて寒《かん》に入りゆく

「の」

玄冬の有明け月のひたおもて低き詠唱《アリア》のごとき輝き

斬新な絵を描き上げて早く死すスーラ
三十二歳

歌人は文学の人、うた詠みは文芸の人。

もみぢの葉日に洗はれて紅《こう》深し　歌人短命、
うた詠み長寿

水母より小さき命宿したる女人青ざめ地下鉄
に坐す

渡来した動物、植物、言葉たち日本の隙間隙
間を侵す

コナン・ドイル作「踊る人形」。

英語にてよく使ふ字はEといふ日本語は「あの、その」の「の」の字か

酔ひて思ふ海底に棲む鮟鱇は濡れてゐるから濡れることなし

巨火《きよくわ》いだく列島ときに身悶《みもだ》えて大き、ちひさき、大き地震《をののき》

夜ふけて鏡のなかを覗くわれ　われを介して死に見られをり

極楽落し

内臓を洗ふつもりで夜ごと飲む酒がわたしに
喜寿をくれたり

海流が外房沖をゆく速さ思ひて食へり鰯のなめろう

小紋氏とともども酔ひて裏町の羽付き餃子食ひし夜ありき

明月記に〈秉《へい》燭《しょく》〉といふ語のありて中世の
深き闇を思へり

京、湖西《こせい》愛して癌で逝きたりき福山生まれ加
納重文

友の死はわれの一部の死に似たり定家に詳しき学者加納氏

鳰《にほ》の海のほとりに癌を病む友の最後の一年手紙来ざりき

年とれば泣き癖付くや声きよき児童コーラス
聞きつつ泣かゆ

信号を渡りゆくときわが老軀すこし秤《ひやう》動《どう》しな
がら歩く

群れ歩くスマホゾンビらそのうへに豪雨のごとく電波降るらし

スマホびと幸ひならむ死後もなほ墓の底まで電波が届く

伊予の出の伊予者われはさうめんを煮麺《にうめん》にして冬も楽しむ

家々に極楽《ごくらく》落《おと》しありしころスマホ無かりき乞食《ほいと》の居りき

頬杖をつきてしばらく〈物思ふ歌人の像〉と
なりて歌思ふ

憲法は旧仮名づかひ「…国民は与へられる」
とありて親しき

針止まり三月《みつき》過ぎたり腕時計使はずに済むこれ晩年か

焼いて、煮て、炒めて、漬けて、茄子を食ふ変格活用動詞の如く

本買ひに自転車で行く自転車に乗れなくなる
日思ひつつ行く

パンの耳あれど豆腐の耳無くてするする食め
り奴のとうふ

みづからの体温ありて夜深く寝床に戻る時あたたかし

さびしさのこころしづめに飛火野《とぶひの》の鹿を思へり桜食む鹿

飛火野に散りし桜の花びらを食む鹿ありて花の散りつぐ

鹿たちを見る老人のゆるやかに表情筋を動かして笑む

飛火野の草生に憩ふ若鹿のその短尾《みじかを》の愛《かな》しき
ものを

越後のことイチゴと言ひし師を思ひ冬苺食む
上総《かづさ》の苺

霊場の札所のごとく無人駅〈中井侍《なかゐさむらひ》〉山深く在り

生前も死後も時間は流れつつ何を運びてゐるや時間は

独り居の無言の日々を生くるわれたとへば遺
失物のごとしも

玉かぎるほのかに未来ひらけたり歯を補修し
て医院出るとき

白き巨獣イカタサウルス

ふるさとの町より西へ二十キロ伊方に白き巨
獣がひそむ

バイク停めて峠道より見下ろしき無人無音の
伊方原発

水軍の船往き来せし伊予灘のほとりに白しイ
カタサウルス

原発の隣の町にひつそりと僕の従弟《いとこ》の雅三《まさみ》さん住む

日本を救ふはずの火、原子の火　魔の火となりて消せないその火

悪を隠蔽してゐるごとし火《くわ》発《はつ》には煙突あれど
原発に無く

蝶《てふ》形《がた》の四国うつくし一点に燐《りん》集まりてひめや
かに燃ゆ

世界樹

まどかなる月昇り来て宵ぞらの雲のなごりの
さざなみ照らす

なめろうをこよひ食べたくまな板の鰯叩けば
板木霊《こだま》する

一《いち》の菜《さい》でビール飲みつつ二の菜の野菜サラダ
を作りてゐたり

年寄のふりして生きてをりますが生存欲あり
色欲もある

洗ひたるゴム手袋を窓べりに吊《つり》干《ほし》すれば空飛
ぶわが〈手〉

ダッハウの路地をさすらふ廃人のごとくエッシャーの絵に迷ひ入る

宰相は〈忖度誘発ロボット〉のやうな人にて国を統《す》べゆく

人の下に人を作りてその下に非正規作りし平成社会

何もないのがいいところ　ふるさとを訊かれ〈愛媛の田舎〉と答ふ

老いの日の或る日こころにひだる神憑《つ》きて江
戸川の水流見をり

伊予を出て六十年目弘《ぐ》法《ほふ》寺《じ》の今年の白き桜に
寄りぬ

市川の枕詞は「水明かり」天の日ざしが川面
を磨ぎて

水べにてトランペットを吹く青年俯角《ふかく》で吹い
て仰角で吹く

仏の座、踊り子草の見分け方知らぬも楽し春
の土手ゆく

あくがれてその花おもふみちのくの広き野原
の一本桜

老いと死に向かひて進化しゆく身を愛《を》しみて
夕べ温《をん》野《や》菜《さい》食む

健康で長生きしたい老い一人ここにゐて屈伸
体操をする

バッハ聴く我と夕焼け見る我の春の日ぐれの
平行世界《パラレルワールド》

健康で長生きしたいこと忘れ夜ごと〈世界《せかい》
樹《じゆ》〉に抱かれて飲む

世界樹のこずゑより降る高き声サラ・ブライ
トマンの透きとほるこゑ

ゆたかなるイグドラシルの葉のそよぎ、膨ら
む宇宙、星の死、わが死

時間とは神の息《おき》嘯《そ》か　万象を生むのも時間、
消すのも時間

死のきはに一生分の恍惚を得るにかあらむみ
な死んでゆく

いにしへも戦さは牧歌的ならず槍林立す「ブレダ開城」

冥府より遠きその島　強風に吹き包まるるトリスタン・ダ・クーニャ

糸底にひつたり指を当てて飲む抹茶うまくて
今朝もいい朝

背を曲げて巻爪《まきづめ》を切る苦しさの老《らう》キミヒコを
誰も覗くな

和歌短歌どう違ふのか思へらく和歌は星ぞら
短歌は宇宙

モツうまき美《み》たか庵《あん》にて酒のめば老《らう》キミヒコ
も若彦となる

対酌もまた独酌も楽しけれ酒はあるいは極楽
落し

近江回遊

近江路を行きつつ思ふ湖《うみ》の面《も》の夜明けの金波
よふけの銀波

蒲生野《がまふの》を白鳳の風わたりきてわが耳に入る大《おほ》
海人《あま》のこゑ

大海人のこゑ去りゆきてカフカ忌の名歌を詠
みし近江びとのこゑ

堀ばたに野いばら白く咲ける見て思ひ出づる
よメンタームの香

葦群をひたすさざ波　ヴォーリズが来る前の
近江、来てからの近江

ガリラヤの湖上あゆみし人の影無くて琵琶湖
に浮かぶ鳰《にほ》どり

死せるイエス、来て寄り添ふは母マリア、マ
グダラのマリア、使徒ヨハネのみ

死せる我を天より見つつ悲しむか父、母、そして柴犬リリイ

明治するゑ啄木の死の枕辺に来たりてその死目《ま》守《も》りし牧水

キリストの十字架の木に選ばれしポプラは今
も葉の顫ふとぞ

しづかなる鯖街道の昼《ひる》光《かげ》を令和の白き蝶よぎ
りゆく

遠き世の真《ま》旅《たび》は辛《つら》くありけむに紫《し》女《ぢよ》歩みけり
越前への道

生き変はり死に変はりする生命の奔流のなか
蝶も僕もゐる

三井寺は三天皇の産湯《うぶゆ》の井《ゐ》ありて五月の青もみぢどき

大津市の広き通りに日ざし満ちここ往き来せし馬借《ばしやく》らの影

たたかひてこの世変へたる英雄よ直火《ぢかび》の信長、遠火《とほび》の家康

英雄は右手がいのち　ふところに右手を隠すナポレオン、竜馬

にほの湖辺《へ》波《なみ》沖《おき》波《なみ》きらめきて湖南の寺にねむ
る旅びと

真《ま》旅《たび》などしたこともない鈍《おそ》のわれ芭蕉の墓の
前でくしやみす

その違ひよく分からずに楽しめり灘男酒《をとこざけ》、伏見女酒《をんなざけ》

〈こんにやくの馬に心太《ところてん》の幽霊が乗つた〉みたいな日本酒の酔ひ

関西の「来はる」も伊予の「来なはる」も優
しき大和言葉のひびき

老若男女ひとりひとりに沈黙の伴走者ありそ
の名〈死〉といふ

伊予生まれ名前など無きこの命この世をひそ
と燃えわたるなり

K点越え

曇り日は雲の漉《こ》したる光やさしゆつくり歩む
図書館への道

お婆さんはいま妖精かあぢさゐの花に対ひて
唄うたひをり

震災後、寅彦言ひきわが国は揺れる吊橋に載
つてゐる国

平穏はすなはち至福　けふあすの食材買ひて
スーパーを出る

輓《ばん》曳《えい》の馬は哀しゐ馬の曳く物は重たき重たき

〈空無〉

枇杷食めばひたひた旨し旱《かん》天《てん》の甘《かん》露《ろ》のやうな
淡路島の枇杷

「アルカディアにも死はあり」と夕光のなか
の棺をプッサン描けり

メメント・モリ。

修道士の骸骨千余《せんよ》　壁面にひしめき並ぶカルモ教会

淑女、悪女、妖女演じし京マチ子九十五にて霊界に入る

武器持たず戦死を遂げしひめゆり隊。瑞泉隊
も白梅隊も

「県民ニ御高配ヲ」と沖縄より打電し死にし
大田《おほた》中将

Ｂ29は残念ながらりつぱです　敗戦直後の皇后の文

命《めい》により捕虜を殺して〈ＢＣ級戦犯〉と呼ばれ処刑されし兵

わが怒り静まらぬとき柔和なる百姓マレーを
心に呼べり

〈便利〉とか〈お得〉を追ひて小走りで生き
る民族、東洋にあり

どこに在る阿呆の天国ナラゴニア日本に在り
議事堂に在る

気の遠くなる歳月よスペインのレコンキスタ
の七百年は

スペインのアンダルシアのグラナダのアルハンブラのラバボの落書き

生命《いのち》とはレコンキスタのできぬもの脳古《なづき》びて背丈縮みて

萌黄いろのグラデーションが体内に広がりゆけり新茶飲むとき

群馬直美の画集を見て。

葉《えふ》画《ぐわ》家《か》の群馬氏ゑがく木の葉つぱ、その葉さながら緑の宇宙

東京に無く伊豆にあり伊予にあり夜ぞら流るる凜《さむ》き銀漢

モナ・リザの左手未完なりといふ未完は〈不死〉の如く安らか

人前でルージュ、マスカラ塗る乙女汝《な》が裡《うち》に
住むポッパエア・サビナ

六月六日、田辺聖子氏が亡くなられた。

「姥ざかり花の旅笠」お聖さんの書く旅たのし
小田宅子《をだいへこ》の旅

高倉健の本名は、小田剛一。

大き旅為《し》遂《と》げし歌人小田宅子その血筋ひく俳優、精悍

K点を越えないやうにしなくては　飲む前思ひ直ぐ忘れゆく

なむワイン、なむ焼酎とつぶやきて夜ふかき
ころ羽化登仙す

どこに在る阿呆の天国ナラゴニア　飲みつつ
笑《ゑ》らくわが裡に在る

うなぎのこと無難儀《むなぎ》と書きし友を思ひ今年の
夏を凌ぎてゆかむ

とはの棄郷

銀《ぎん》河《が》光《くわう》あつめたやうな純白のひかりまとふよ
草生の白百合

むかし在りしれんげ畑を今は見ず文語の歌も
かく滅びむか

日常の些事は一生《ひとよ》を豊かにす茄子煮が上手《うま》く
出来たことなど

このいのち青年を過ぎ中年を過ぎ、老年となりて孤島めく

科学といふ文字を料亭かと思ふ七十八歳老眼《かすみめ》なれば

枕崎の美味き鰹を味到してその夜《よ》独酌の果て
の夢《ぼう》々《ぼう》

一局の初《しょ》手《て》に角《かく》頭《とう》の歩《ふ》を突きし坂田三吉雄《いう》魂《こん》
の人

『新釈諸国噺』の中の一篇「女賊」面白し。

誤用とはあっと驚く進化にて太宰治の〈貧《ひん》すれば貪《どん》す〉

長き橋の緩やかな弧《こ》をのぼり来て見下ろせば河のおもて寂静《じやくじやう》

江戸川の水ははるけき伊予灘につながりて我
はとはの棄郷者

アスパラの涼しきみどり茹でてのち真みどり
となり食めば滋味あり

うまき酒飲みゆくなへにあたらしき風と音楽
身うちより湧く
酔間《すいかん》にほのぼのと顕《た》つ敦煌の交脚《かうきやく》弥勒菩薩の
すがた

御《お》叱《しっ》呼《こ》に起きたる夜ふけとくとくと冷《れい》水《すい》飲みて酒気を洗へり

右手と左手は別々にて、互ひを伴侶とす。

左右の手女《いも》男《せ》に似るか独立しはた協力し一《ひと》日《ひ》はたらく

無表情、忘却、転倒　老人のすることやがて
僕もアベもする

「寄り添ふ」の好きな安倍氏は人よりも祇園
精舎のカネに寄り添ふ

人生まれ生きては死んで限りなく墓標、墓石
の増えゆく地球

秋雲の和羽《にこは》の下を歩みつつ晩熟といふ言葉を
愛す

Ⅱ

ふるさと伊予

クマノミもとろり眠るや年の夜の長浜高校水族館部

びょうびょうと霧《きり》速《はや》彦《ひこ》は肱川の水面《みなも》を走り海
へ吹き出づ

分霊

しづけさを恋ひつつ生きて或る夜思ふ命のはての無音の宇宙

白秋の雀子が去り遠くにて朴訥に鳴く柊二の
山鳩

限りある時間を少しづつ消してけふはエッシ
ャーの迷路で遊ぶ

子供好きのブリューゲル描けり日本の子供ら
もする馬跳び、騎馬戦

ラグビーW杯。

八対八組んで押し合ふ人体のクラウチ、バイ
ンド、セット美し

嘉禎元年閏六月八日。

みのりたる庭の林檎を籠に入れさる女院《にようゐん》に贈りし定家

脇息ヲ蹴リテ顚倒シ腰損ズ　七十四歳定家の嘆き

転ばない人が初めて転ぶ日よ夜ぞらに蒼く光
るシリウス

清女、紫女という略称がある。ならば和泉式部は和女。

清女、紫女良けれど歌は和女が良し蛍の闇に
立ち尽くす人

年取れば世間を歎くのが仕事　令和の皇室拝跪をなげく

次郎柿大きく甘しこの柿を育てし人の大き手思ほゆ

柿色は日本の色といつも思ふ日本を出ない我の魂

霜月のスーパーに並ぶ大き柿　原産中国、育成日本

『明月記を読む』が現代短歌大賞を受賞し、さる方よりワインを頂く。

酔ふままに夢の浮橋わたらむか酔ひてなほ飲
むトスカーナの赤

古き良き言葉を愛《を》しむ作家ゐて一食を〈ひと
かたけ〉と言ひき

ドラマ見てときどき涙するやつは私ではなし
老いたキミヒコ

ひよどりは悪魔の口笛　やまばとは百姓マレ
ーのやさしき相槌

老いたれば〈無憂《むいう》の里〉に住みたきにいまだ
妄想の森より出でず

ラグビーは面白かつたね、ハカいいね　会話
も酒の旨さの一つ

飲み屋より酔ひて出づればこの星の分霊《ぶんれい》のごと月浮かびをり

外で飲むと、帰りはときどき乗り越し。

高野氏は酔へば夜ぞらに舞ひ上がり月を通過し火星まで行く

四十五で直《なほ》弼《すけ》死にきバスを待つ彦根乙女はスマホに夢中

淼《べう》々《べう》と近江は水を湛へたりうろくづのために
諸人《もろびと》のために

反時計回りに琵琶湖めぐりゆけり古代・中
世・近世恋ひて

安《あ》曇《ど》川《がは》の土手の竹林そよぎつつ近江聖人藤《とう》樹《じゆ》
の黙想

思ふこと全てが叶ふ人生は味気なし耳をよぎる寒風

抜刀《ばつたう》しあとへ引けない浪人のごとく己れの歌推敲す

独り居の人恋しさに飲む酒を待酒《まちざけ》と呼び黙《もだ》して飲めり

ブロッコリーの豊かな花蕾《くわらい》さつと茹で塩ふれば佳き肴の一つ

雨に負け風に負けつつなほ生きてわれは詠ふよ生きてゐる歌

アイパッドときをり使ひ変転の世に追ひすがる塩焼老人

夕《ゆふ》光《かげ》に山鳩鳴けり四苦八苦みな忘れよと如く
に鳴けり

喜寿すぎてわれの詠み継ぐ雑《ざふ》の歌百に一つの
佳き歌もがな

なんば歩き

日本地図見つつ思ほゆ忠敬のまいにち十里歩く脚力

伊能図と呼ばるる巨大地図を見て昏倒したり
わがたましひは

下総の伊能忠敬歩く人　なづきの中に輿《よ》地《ち》の
ある人

忠敬はなんば歩きをしたといふ速くて疲れないその歩き

磯を行き崖《がけ》道《みち》を行きこんりんざい海沿ひを行き、書きし伊能図

一万里あるいて日本地図を書き、地球一周したる忠敬

忠敬はひたぶるの人、晩年を北し南し東し西す

江戸の世に巨き地球の円周を算出したる一人
の老者《らうさ》

忠敬は死の日も歩きつづけしか心の中の地球
のうへを

フーコーの振り子のふしぎなる揺れを冥府に
ありて忠敬は見む

あめ・つち・ひと

落暉《らくき》、雲を食みて燃えをり滅びるもまた生まれるも時空《じくう》の遊び

ゆるやかな曲線で成る人体の、あはれ女体を
思ふあけぼの

街ぞらの有明けの月ほのぼのと光りて〈眉間《みけん》
白毫《びやくがう》〉に似る

人の来て柏手《かしはで》打てり手のひらの音は心霊《しんれい》の清きひびきす

月面の翳りのごとし生きの身に棲みて消えざる懶惰《らんだ》のこころ

交合は闇の中での芸術と言ひし女人のありて
楽しき

退屈の日々は安穏の日々にして天《あめ》・地《つち》・人《ひと》を
統《す》べてゐる〈時〉

この国にまだ詠まれざる歌あらむ良き歌あら
むその歌詠みたし

その人は「三《さん》八《はち》七《しち》」と呼ばれし日越えて詩歌
の巨人《おほきひと》となる

天衣の風

泣く児ありこころまだ無きまつさらの命がならぶ新生児室

建築中の家の木舞《こまひ》の美しさこのごろ見ずと冬晴れ歩む

吉良《きら》を討ちその義士たちが歩みたる昧爽《よあけ》の寒き道を思へり

お聖さんはカモカのおっちゃん恋しくて旅立ちにけり無何有《むかう》の郷《さと》へ

命一つコルシカを出てエルバを経て遥けきセントヘレナにて果つ

寒つばき葉の艶めけり平成を令和に変へし不
可視の歯車

昼酒を少しづつ飲む元日の、初昔《はつむかし》とはやさし
き言葉

凡人《ただびと》を賢者に変へる電子機器使ひ終はれば元のただびと

人の作る新しい機器その機器が人を追ひ立てゆく新世紀

片方の手ぶくろ道に落ちてゐて夕日はるけし
ムンクの叫び

われに無きものあまたあり玄奘《げんじやう》の不東《ふとう》のここ
ろわれに欠けたり

にんじん君、きうり君とか声かけて夕餉を作りをり高野老

一合が二合となりし歌びとを思ひて飲めり小《こ》半《なから》の酒

少しづつ負けてゆくのが人生で、しみじみ旨しなめろうと酒

高野には甲、乙、丙あり年寄の丙は嘆きぬ「死ぬ者貧乏」

認知症進めば多幸症となり死の恐怖つひに無
くなるといふ

ページ繰れば本の中より起こる風天《てん》衣《え》の風の
ごとく優しき

買ひて読みし本あり買ひてまだ読まぬ本あり
本に囲まれ眠る

破鍋《われなべ》のわれに綴蓋《とぢぶた》無きままの気楽な暮らし、
一日《ひとひ》こゑ無し

我に住み我より出づる言葉ありこの世を巡り
ゆける言霊《ことだま》

言葉とは交《かう》霊《れい》の場所　漱石が使ひて我も使ふ

〈無鉄砲〉

ファックスとメールが時に来るのみの我の暮らしの門《もん》前《ぜん》雀《じやく》羅《ら》

うかたまの米のいのちの籠もるみづ飲みて俗《ぞく》腸《ちやう》を洗ふ老人

てのひらをひらきて見つむやはらかき乳房の
記憶のこるてのひら

灯《ひ》を暗め交はるをとこをみなあり冬の大三角
のきらめき

ヒトわれは光合成ができなくて草木《さうもく》を食み鳥
獣を食む

海を渡る蝶

てふてふが一匹東シナ海を渡りきてのち、一大音響

列島にウイルス感染拡がればわが身さへこそ
日々揺るがるれ

少しづつ座移りしつつ中ぞらの雲輝けりさく
ら二分咲き

蟹《かい》行《かう》文《ぶん》苦手、鳥《てう》跡《せき》文《ぶん》不得手　大き欅の萌《もえ》葉《ば》を
愛す

ふるさとに帰る日あるや　ふるさとは捨てて
帰らぬときにかがやく

漢文を能《よ》くして歌は和語をもて詠みし定家よ
良寛もまた

歌詠むは寂しからずや　良き歌は観客の無き
しじまに生まる

時の疫

遊糸とは空を飛ぶ糸、光る糸〈聖母の糸〉と
呼ぶ国のあり

あさがほの種を点《てん》播《ま》きしたる日よ一人の少女
恋ひ初めしころ

ぼろ切れで鏡を拭けば白頭の凡夫が一人こち
らを見をり

一膳の丈夫で質素なる箸を日々に使ひてこの世生き継ぐ

老人の進路の一つデイケアの外に洩れくるコーラス拙《つた》な

在りて無く、無くて在るもの貴《たふと》けれ蓬萊山も
三途の川も

令和二年八十八夜の別れ霜コロナさらばとな
かなか行かぬ

地母神のゐて豊かなるこの大地、涯に清流三
途の川あり

人生まれやがて滅びて無に戻るこの世は母
胎、この世は墓場

イタリア語〈コル・テンポ〉は、時の流れと共に、の意。

生まれ来て育ちて老いて滅び去る〈コル・テンポ〉とは命の激ち

にんげんの内部に棲みてしんしんと交差点ゆくコロナウイルス

金蠅も銀蠅もゐぬ巨大都市ヒト、ヒト、ヒトが時の疫《え》運ぶ

無《む》縁《えん》墓《ぼ》の墓石集めてこの国の深山《みやま》に〈墓の墓地〉ありといふ

天の川佐渡を照らしきコロナ禍の世に淡《うす》紅《あか》き
ひるがほ咲《ひら》く

芭蕉の愛弟子・曾良。

川二つ名に刻みたる曾良にしてその生の涯壱《い》
岐《き》にて死せり

信濃にて生まれし曾良の本姓の「岩波」今の
世に生き継げり

母衣《ほろ》蚊帳《がや》といふ物ありし昭和の世幼児も飯《めし》も
母衣で守りき

監視カメラひしめく夜の街ゆきて銀河を渉り
行く思ひせり

コロナ禍で消えた無数の灯《ひ》の一つ神保町の飲
屋〈酔《よ》の助《すけ》〉

ぜつたいに欲しいと思ふ物がないこの空漠を
老耄と呼ぶ

樫の実のひとり暮らしの自在さよ夕餉は昼の
残《ざん》と冷奴

「小水《せうすい》の魚《うを》」なる我に水はまだ残りゐるらし
朝日を浴す

金屛《きんびやう》の前ではにかむ男をり伝《でん》高野氏の受賞の
写真

本当のわれに会ひたく歌を詠み、詠みて本当のわれ見失ふ

死は元の無に帰るのか新たなる空《くう》に行くのか夜明け思ふこと

断崖を大落下する一瀑布その純白は水の自画像

疫《え》病《やみ》あり荒《すさ》ぶる神の須佐之男よ巨《おほ》き息《おき》嘯《そ》もて国《くに》浄《ぎよ》めせよ

密林で傷兵死ねば蛆が去り埋葬虫《しでむし》くると翁の言ひき

餓鬼の眼が、観音の眼がひそやかに光る六月の洞窟《ガマ》の暗闇

檜原村人里

青あらし吹く散歩みちゆるやかな上り下りを
楽しみて行く

疫病《えやみ》あれどこの世寧《やす》けし鳴きかたの模範のやうに鳴く鴉ゐて

老いびとの一日の軽さ譬へれば金魚すくひの円き白紙《しらかみ》

歩きつつ〈位牌〉を覗く若者らみなマスクして令和二年初夏

一日に三食、十笑、三千歩。十笑あらず一人暮らしは

若き日に聞きて、けふ聞く「孝行糖」下げで
笑ひてのち涙出づ

葉書持ちてポストの前を過ぎ来たり年寄盛《としよりざか》り
もうすぐ近し

死児といふ言葉ひつそり浮かび来て五月のおほぞらの青

ウスライか、ウスラヒか。

薄ら氷をウスラヒと読む正しさの狭さと古さ、我のものなる

「公私混同」「事実隠蔽」「安倍晋三」悪を表
はす四字熟語、三つ

プロレスに似て荒々し屈強の横綱白鵬の張り
手、かち上げ

歌誌編集に行くとき乗れりハチ公とはな子ゆかりの井の頭線

奥多摩に人里《へんぼり》といふ字《あざ》ありて木々若葉せりコロナ禍のそと

削り氷《ひ》に甘づら入れて金碗《かなまり》に入れたるを食む
わが白昼夢

「海彦」で骨切りしたる鱧を買ひタモリを見
つつ独り宴す

籠もり居の日々に思ほゆ安寧は多弁、無言のはざまに在りと

目ざめたる無名のいのち徐々徐々に高野に戻り昨夜《よべ》の歌おもふ

肉体は臓器もろとも老いゆかむしんかんと
〈地球時計〉が回る

山頂の大き窪みのさびしけれ登山客なき富士
山の夏

三日月の白

雨の打つ水面《みなも》、裏より見上げゐるごとくコロ
ナの日々を籠もれり

そら豆の、ゑんどう豆の、枝豆のみどりうつくしコロナ禍の夏

目をつむりエレベーターの中にをり行合《ゆきあひ》神《がみ》の疫病《えやみ》恐れて

極小が巨大を食むやひたひたと一惑星を覆ふ
ウイルス

素朴派のアンリ・ルソーよどの絵にも平安あ
りて死の翳り添ふ

漱石も宮部みゆきも楽しめりわれの心の活断
層は

七月三十日、外山滋比古先生逝去。大学で英語の授業を受けた。

外山教授の英語講読わきみちにをりをり逸れ
て四通八達

夕ぞらの奥に金星あらはれて一つ澄みをり命は一つ

官庁のコロナ対策揺れありて矢鱈縞《やたらじま》など思ふ日のくれ

人類が地球穢《けが》せば人類をコロナが抑へ大気やや澄む

毎年、松山市が一つづつ消えてゆく。

松山市の人口五十万、日本の人口減少年間五十万

ドローンが種蒔きをしてローラーが麦踏みをして人無き地平

字謎一首。

リンカーンはアメリカンコーヒー三杯で鎮めてゆけりコロナの鬱を

座敷牢抜け出すやうに家を出て街さまよへり
目標五千歩

道ふさぐ淑女会議のかたはらを立腹居士の高
野すぎゆく

定家と邦雄、五首。

コロナ禍の京都ひそけし家ごもり野分の巻を
書写する定家

儀式にて用ゐるといふ尿筒《しとづつ》をたづさへゐしや
老定家卿

冥府にて定家書き継ぐ〈令和二年、疫癘《えきれい》蔓延シ、世ニ失職者満ツ〉

平面に卵を立てたやうな歌　逢ひて褒め合ふ定家と邦雄

「梨五つ浪人六人国を出る」電話鳴れどもあるじは不在

宇宙の「宇」は空間、「宙」は時間のこと。

分《ふん》毎《ごと》に暮色深まり三日月の白極まれり宇宙うつくし

コロナ禍で座食の日々を送る人増えつつあらむ秋冷の都市

隣席でスマホ打つらしその肘《ひぢ》がわれの内なる荒野を突《つつ》く

モツ煮よ、ありがたう。

モツ煮うまし〈蜂が九つ、蟻が十《とを》〉などと呟きゐる独り酒

草の葉を蹴つてバッタが飛ぶときの心を思ひ、今日の飲止《のみど》め

引かれつつのろのろと行く老犬よ近い未来の
僕だね君は

人間のために生きつつ人間の六倍速で老いる
生き物

コロナ禍のなほ続きゐて、会ひたい人飲みたい人ら遠景となる

「カノン」の迷路

夜の壁に孫次郎あり我に向き空《くう》を見てゐる如き眼差し

カピバラは目玉濡らさず水浴びす至福といふ
はかく静けしや

「五歳まで子供は神のうち」といふスーパー
にひびく大泣きの声

友ならず知り合ひならず〈顔無き人〉その数
しるす感染者グラフ

目に見えぬコロナウイルス思ふときひつそり
浮かび来たる色悪《いろあく》

旅をせぬ日々続きゐて余呉湖《よごのうみ》の夕べの水の香
り恋ほしも

疫病《えやみ》ある国の夜ふけの闇のなか暴悪大笑面《ぼうあくだいせうめん》は
覚めをり

非情とも無心とも思ふたんたんと死は漱石を
さへも連れ去る

疲れ眼の毛様体《もうやうたい》をいたはりて遠くを見をり雲
間あをぞら

筑紫の人、K氏なつかし。

永劫を見る眼と思ふ孫次郎この面《めん》賜《た》びし人すでに亡く

森を歩《ほ》す、新《しん》秋《しう》を歩す　美しき言葉のありて月光に歩す

妻はナスわれはナスビと言ひしかど今残され
て茄子煮を作る

沖縄のオオタニワタリを八丈で見たり二つを
つなぐわが命

わが歯より奇《き》音《おん》の発《た》てり残生を支へてくるる
井《ゐ》桁《げた》歯科医院

物事をわきまへながら少しづつ命暈《ぼや》けて果て
の翁《をう》童《どう》

猫ッ毛となりて足腰ひよろついて良き年寄になりゆく我は

熱《あつ》物《もの》に懲りてナマスを吹いたあと食べ忘れる日遠からず来る

電車にて席を譲られ坐ることありて思へり死
の優しさを

句も歌も文も愉しき稔典氏　夕焼け空の近畿
部に住む

ウイルスは美しき火か物おもふ女人を包む闇の蛍火

コロナ禍の今年こころの無《む》双《さう》窓《まど》ときをり開けて春画など見る

四国出身の年寄の独り言。

冷蔵庫にあるのに玉子また買うた仕方ないのう年寄やけん

老人が徐々に廃人になるさまをテレビに見つつ恍惚とせり

秋涼しわれさまよひて楽しめりパッヘルベルの「カノン」の迷路

満洲のペチカ見るなく白秋は満洲に燃ゆるその火うたひき

老醜を〈古民家の美〉と言ふ人のゐないこの
国、老人だらけ

半袖で秋霖《しうりん》の街歩むとき小腕《こがひな》寒し古《ふ》りゆくい
のち

金星よりひとすぢほそき光来て朝《あした》の青をひらく露草

ガラケーの静寂

飯を食ふ時も散歩の時も独りコロナ籠もりは
遠流《をんる》のごとし

グレゴール・ザムザであつた虫は死に今なほ
コロナウイルス死なず

人生の果ての空《くう》無《む》のその先に幸ひありとささ
やけり死は

おら、おらで、しとりえぐも、と言ひて逝きし女菩薩《にょぼさつ》ありき兄も若く死す

一少女恋ひてゐしころ背の赤き蟹がわが家《や》の庭を這ひゐき

侮蔑語のニュアンスのあるガラケーのその静寂を身ほとりに置く

平仮名の〈えやみ〉恐ろし片仮名の〈コロナ〉は憎し南無《なむ》三宝《さんぼう》

をみなごの声やさしけれ老い我ははるかな花
野夕月おもふ

コロナ禍の一人暮らしはありあまる自由があ
りて途方に暮れる

夕焼けの中ひめやかに聞こえゐて「フーガ」
は恋の埋火《いけび》にか似る

年酒

まだ知らぬ我に会はむよ七十九となりて静か

に年酒《ねんしゅ》楽しむ

原発避難十年目なる異郷にてコロナ禍に遭ひ
耐へる人びと

日本を嘉す

骨肉を包みて我の髪膚《はつぷ》あり髪膚は老いの見えて寂しき

コロナの禍ありてコロナの福ありぬ今年多くの歌集読み得たり

四国にて父の病むころわが歌集『天泣』出しき親不孝歌集

酒ゆゑか年齢ゆゑか十時間ねむりて醒めてなほも眠たし

年取りて茫々たるに歌詠めり谷間に流《る》菜《さい》拾ふが如く

疫病禍熄《や》む日を待ちて密を避けあな静かなる
疎《そ》を楽しめり

物忘れして茫と立つこの日ごろ〈うんてれがん〉といふ語に出会ふ

コロナ禍といふ語寂しくひびく秋いちやう
黄葉《もみぢ》が日本を嘉《よみ》す

令和人われの散歩に近世語〈うんてれがん〉
があと従《つ》いてくる

八十に垂《なんな》んとするわが命もめん豆腐を愛でて
生ききぬ

自称・ネムラー

スニーカー買ひて戻るにわが裡《うち》の少年を赤き
夕日照らせり

こりこりともの嚙みくだく歯《は》力《ぢから》のありて味はふ焼鳥ヤゲン

恐竜の滅亡後、ヒトとウイルスは闘ひつづけ共に生き継ぐ

鳴きやみて山鳩言へり人間は戦争が好き、死ぬのが嫌ひ

老いたれば〈眠る人《ネムラー》〉となり気兼ねなく仕事の合間ひとり昼寝す

松の木も蜥蜴も蝶も梅花藻もわれも互《かた》みに時間を旅す

クルンテープ・マハーナコンをまだ訪はず訪はずか過ぎむ日本を知りたし

生き生きて心の中を覗くときマニ車無し空無空漠

一年に一、二度ひらき『江戸東京坂道事典』読みて楽しむ

坂と谷多き東京に坂と谷見えず高層ビルの断《きり》崖《ぎし》

満月の夜は電飾を暗くして東京タワーひつそりと立つ

お母さんぼくは生きたい雨あとの月夜のそら
の虹を見るまで

国語史の生き証人ぞ昨日《きのふ》のことキニョウと言
ひし伊予の古老は

独りにて酒飲みをれば亡き友は遠くへ去りて
かたはらに在り

鯱《ほっけ》、鯰《にえ》、椛《もみぢ》、糀《かうじ》と「花」の付く文字を眺め
て遊ぶ冬の夜

光のエール

正月も胡瓜出まはる世となりて胡瓜の和布《わかめ》和《あへ》の旨しも

蠟梅の黄花を瓶《びん》に活けて思ふ雪の降り積む上州安中《あんなか》

置時計のほとりに胡桃一つあり胡桃に一日《ひとひ》ひびく秒針

フラスコの中にて生きてゐるやうなコロナ禍の日々、三食独り

電線でやまばと交尾するさまが五階より見え、けふは吉日《きちにち》

交霊のごとく視線を交はしたりマスクの我と
マスクの彼と

つり革は持ち手の無くて揺れてをりコロナ禍
やまぬ令和三年

広辞苑に「じゃこてん」が無しペット屋で空《から》
檻《をり》に会ふやうな寂しさ

登校する小傘小傘にふる小雨われのこころを
あたためて降る

朝な朝な体温計の水銀を神の啓示のごとくに
見をり

取り寄せてオリバー・ロッジの『死後の生』
読みし漱石胃を病みてゐし

胃の痛き漱石いへりこの部分切り取つて犬に
投げてやりたい

短歌より俳句、漢詩を愛したり漱石はこれ風
狂の人

晶子去り朔太郎去り白秋去り昭和或る年詩歌《しいか》仮死せり

狂歌一首。

これやこの行くも帰るもころなの世知るも知らぬも逢ふは危ふき

〈生と死は対照的で没交渉〉臨死ののちに漱石いへり

我のためはたらき続けゆつくりと衰へてゆく脳、まなこ、脚

小さなるしくじり増えてゆく我を幾度か叱り
或る日哀しむ

〈持ち時間〉そんな言葉が切実にひびく齢《よはひ》とな
りにけるかも

物欲の消えた老人　色欲が消えたら死人　われ生きて在り

冬の陽はひそけく優し西ぞらに傾きながら茜送り来

食材を買はぬ夕べもスーパーを巡り歩きぬ食《しょく》
見るは愉楽

コロナ禍で川《かは》甚《じん》つひに閉店す作家、歌人ら訪
ひし料亭

彫刻と歌のコラボ『月の雫』（田中等・伊藤一彦共著）に寄す。

彫刻の石のいのちのしたたりを湛《たた》へて歌の言葉きらめく

この星に光のエール送りつつ疫癘《えきれい》もなく空をゆく月

ごく狭き生《せい》を七十九年生き「ヴェクサシオン」をまだ聴かなくに

冬海に立つ気《け》嵐《あらし》のしんしんとコロナ祓《はらへ》のごとく真白し

点る繭

伊予原人いつしか下総原人となりて江戸川の
水声《すいせい》愛す

春《はる》寒《さむ》の河口に来れば現し身に太古の風がつど
ひ鳴るおと

巨き命かそけき命海に満ちたとへば若布の遊《いう》
走子《そうし》ゐる

コロナ禍の或る日おもへりにんげんは話し相手が無ければ　海鼠

明石なるかの子午線をいくたびも過《よぎ》りてわれに増えし白《しら》髪《かみ》

源氏星、平家星ある大宇宙の隅にひそけしコロナ禍の星

8光年かなたに点る繭ありて母への麗《うるは》しきディスタンス

あとがき

ここ二年半ほどの作品四二六首を集めて一冊とした。作品の発表年月でいえば、Ⅰ群は二〇一九年一月から十二月、またⅡ群は二〇二〇年一月から二〇二一年五月までの作品である。
この期間、元号が平成から令和に変わり、その令和という言葉が定着したころからコロナ禍が始まった。コロナ感染は世界中に広がって、やや下火になると見えつつ、まだ終熄していない。今後どうなるのだろうか。

断崖を大落下する一瀑布その純白は水の自画像

歌集名はこの一首から採った。これまで歌集名には全て「水」に関わりのある言葉を選んで来たので、今回もそれに倣った。
「短歌研究」誌上に二〇一九年三月から二〇二一年三月まで計八回にわたって毎回三十首の作品を連載した。それがこの歌集の中心を成している。連載を奨めてくださった編集長の國兼秀二氏に御礼を申し上げたい。また、歌集制作の実務を受け持って丁寧な本づくりをしてくださった編集部の菊池洋美氏と、そして校正を手伝ってくださった友人の水上比呂美氏に感謝申し上げたい。

高野公彦

二〇二一年五月

検印
省略

コスモス叢書第一一九九篇

二〇二一年七月七日　印刷発行

歌集　水《みづ》の自《じ》画像《ぐわざう》

著者　高《たか》野《の》公《きみ》彦《ひこ》

発行者　國兼秀二

発行所　短歌研究社

郵便番号一一二―〇〇一三
東京都文京区音羽一―一七―一四　音羽YKビル
電話〇三（三九四四）四八二二・四八三三
振替〇〇一九〇―九―二四三七五番

印刷・製本　大日本印刷株式会社

ISBN 978-4-86272-678-0 C0092